# DAS ORAKEL DER BRÜCKE

### Erzählung

I0648019

Peter Heinl

# DAS ORAKEL DER BRÜCKE

Erzählung

**THINK**AEON

ISBN 978-1-9998339-0-9

www.thinkclinic.com

drpheinl@btinternet.com

Twitter: @DrPeterHeinl und @Thinkclinic

Facebook: peter.thinkclinic und thinkclinic

LinkedIn: Peter Heinl

Xing: Peter Heinl

Gestaltung und Umsetzung: uwe kohlhammer

Umschlagabbildung: Peter Mittmann

*Meiner Großmutter,*

*die ein Leben lang nachklingende Worte zu sagen vermochte,*

*in Dankbarkeit gewidmet*

O Sternenfall,

von einer Brücke einmal eingesehn—:

Dich nicht vergessen, Stehn!

Rainer Maria Rilke

# INHALT

I

Wie immer spürte Tobias K, dass der Zug bald auf die Brücke auffahren würde. Er nahm es an einer leichten Empfindung wahr, die er nicht in Worte zu fassen vermocht hätte, die für ihn jedoch wirklich war, da sie an weit zurückliegende Zeiten rührte und ihm den Impuls gab, aufzustehen und seinen Körper in Richtung des Zugfensters zu bewegen, obgleich ihm bewusst war, dass er die Brücke auch sehen würde, wenn er, ohne aufzustehen, seinen Oberkörper leicht in Richtung des Fensters neigen und seinen Kopf seitwärts drehen würde.

Das Neigen des Oberkörpers und die Drehung des Kopfes hätten jedoch den Impuls, der von unten in seinem Körper aufzusteigen schien und den er letztlich nicht zu erklären vermochte, nicht zufriedengestellt, sodass er sich von seinem Sitz erhob und bald vor dem Zugfenster stand, wobei sich seine rechte Hand am Fenstergriff festhielt, als bedürfe sein Körper eines Halts in Erwartung dessen, was auf ihn zukommen würde.

Obwohl Tobias K im Grunde wusste, was auf ihn zukommen würde, schien sich das Gefühl der Erwartung wie ein großer, vom Himmel auf ihn zuschwebender Vogel seiner bemächtigt zu haben, noch bevor der Zug die Brücke erreicht hatte, und nur eine kurze Zeitspanne vor Einfahrt des Zuges in den Bahnhof, der in geringer Entfernung jenseits der Brücke lag.

Auch dieses Mal erfasste ihn, als der Zug auf die Brücke zufuhr und er schon die Koffer in eine für das bevorstehende Aussteigen günstige Position geschoben hatte, eine Gemütsverfassung, in die sich neben der Wahrnehmung der sich vor seinen Augen abspielenden Wirklichkeit und der gedanklichen Vorbereitung auf das bevorstehende Verlassen des Zuges Schattierungen und Nuancen aus früheren Zeiten einfädelten, obgleich die Beschäftigung mit der Abwicklung der vor ihm liegenden praktischen Reiseangelegenheiten vorrangig war.

Hierzu zählte die Aufgabe, möglichst geschickt seine Koffer, die er nicht alle auf einmal tragen konnte, nach dem in Kürze bevorstehenden Anhalten des Zuges durch das Bahnhofsgebäude zu transportieren. Sollte er dann eine jener modernen Erfindungen, einen kostenlosen Trolley, suchen, um sich das Reisen komfortabler zu gestalten? Wobei sich hierbei die Frage aufwarf, ob er das Risiko eingehen könnte, das Reisegepäck während der Suche nach dem Trolley unbeaufsichtigt zu lassen. Oder sollte er wider besseres Wissen doch versuchen, in einer Kraftanstrengung alle Gepäckstücke auf einmal durch die Bahnhofshalle zu schleppen oder notfalls zu schleifen, da er wusste, dass es nicht möglich war, ebenerdig von dem Ankunftsgleis zum Bahnhofausgang zu gelangen?

Würde er vielleicht ein inzwischen an den Unterführungen zum Transport von Gepäck eingerichtetes Miniförderband vorfinden und würde es ratsam sein, es auch in Anspruch zu nehmen, da er mehr als einmal Zeuge gewesen war, dass sich auf Förderbänder gelegte Gepäckstücke die Freiheit erlaubten, den Sirenenrufen der Schwerkraft zu folgen, anstatt reglos und geduldig auf dem Transportband auszuharren?

Wie würde er, so fuhren seine Gedanken fort, nach dem Erreichen der Bahnhofshalle seine Reise fortsetzen – nicht ohne den verträumten Wunsch in sich aufkommen zu verspüren, ob ihn entgegen aller Wahrscheinlichkeit vielleicht doch ein ihm vertrauter Mensch begrüßen und abholen würde?

Würde es sinnvoll sein, die Wartezeit auf eines der öffentlichen Verkehrsmittel in Kauf zu nehmen, in der Annahme, dass dieselben pünktlich waren? Oder wäre es im Sinn eines durchdachten, effizienten Reisens, dessen Ziel darin besteht, das erstrebte Reiseziel möglichst schnell zu erreichen, vorzuziehen, ein Taxi zu besteigen, um die letzte Etappe seiner Reise möglichst zügig zum Abschluss zu bringen?

All diese Gedanken betrafen Angelegenheiten, deren Verwirklichung noch jenseits der Brücke und somit in der Zukunft lag, so nahe diese inzwischen auch herangekommen war. Tobias K registrierte dies daran, dass der Zug seine Geschwindigkeit leicht drosselte, jedoch nicht, weil er schon die Brücke überfahren würde, da im Zeitalter moderner

Technologien das Überfahren einer Brücke keine Reduzierung der Reisegeschwindigkeit erforderlich gemacht hätte.

Es handelte sich wohl, soweit Tobias K sich dies vorzustellen vermochte, um ein Zusammenwirken verschiedener Faktoren. Ließ man außer Acht, dass das vor der Brücke befindliche Signal auf Rot oder Gelb geschaltet war, was im ersteren Fall durch das Halten des Zuges schnell bemerkbar gewesen wäre und im zweiten Fall zu einer deutlichen Verlangsamung der vor den Augen vorübergleitenden äußeren Welt geführt hätte, so ließ sich festhalten, dass die Gleisführung vor dem Erreichen der Brücke eine leichte Steigung beschrieb, ohne die das Überwinden des unter der Brücke hinziehenden, breiten Stroms nicht zu bewältigen gewesen wäre. Erst die Konstruktion der Brücke verschaffte der Gleisführung die Illusion der ungebrochenen und ununterbrochenen Fortführung des Landwegs der Eisenbahnlinie.

Grundsätzlich wäre zwar der Bau einer Unterführung unter dem Strombett denkbar gewesen, obgleich dies eine ungleich höhere, und zweifellos kostspielige, technische Herausforderung dargestellt hätte.

Vielleicht wäre es sogar denkbar gewesen, die Zugtrasse auf ebenerdigem Niveau über den Strom zu führen, was es erlaubt hätte, während der Überquerung des Stroms die Füße im Wasser streifen zu lassen. Aber die logische Konsequenz eines solchen Konzepts hätte verlangt, für den Umgang mit den Schwankungen des Wasserpegels des Stroms und mit den Bedürfnissen und Notwendigkeiten des sich auf dem Strom abwickelnden, lebhaften Schiffsverkehrs eine akzeptable Lösung zu finden.

Da sich im Lauf der Jahrhunderte dank des Pioniergeists von Ingenieuren erstaunliche technologische Fortschritte ergeben hatten, die es ermöglichten, Kanäle durch das Land zu stechen, um zwischen beliebigen geografischen Orten Wasserverbindungen und somit neue Expansionswege für das Blühen des Handels zu schaffen, wäre es auch denkbar gewesen, den Spieß umzudrehen, um den Strom mithilfe einer Brücke über die Gleisführung fließen zu lassen.

Eine solche, außerhalb des Rahmens gängiger Logik und Empirie angesiedelte Vorstellung würde, wofür Tobias K vollstes Verständnis aufbrachte, umgehend belächelt werden. Zumindest konnte er sich darauf berufen, dass nach seiner Kenntnis der Dinge eine solche Strombrücke in den nördlicheren Regionen des Landes tatsächlich Jahrzehnte zuvor verwirklicht worden war, womit er jedoch nicht hätte sagen wollen, dass notwendigerweise im Norden des Landes ein fortschrittlicheres Technologiebewusstsein herrschte. Jedenfalls erinnerte er sich, während seiner Schulzeit zu seiner Verwunderung einmal auf eine Abbildung gestoßen zu sein, und zwar in einem Buch, in dem technologischer Fortschritt als weg- und orientierungsweisend dargestellt wurde. Diese Abbildung zeigte einen Schifffahrtskanal, der durch den kühnen Bau einer Brücke über einen unter ihm liegenden Wasserweg geführt worden war.

Tobias K kam wieder ins Bewusstsein, wie tief es ihn damals beeindruckt hatte, auf der Abbildung die Umrisse eines Schiffs zu sehen, das im Begriff war, über die Wasserbrücke zu fahren, ja, gleichsam wie ein surreales Luftwesen zu schweben.

Obgleich die Konstruktion einer Strombrücke durchaus im Bereich des technisch Realisierbaren lag, akzeptierte Tobias K, dass gravierende Gründe dafür verantwortlich zeichneten, dass es in einem Zeitalter, das vielleicht nicht zu Unrecht als das Zeitalter des Machbaren hätte bezeichnet werden können, aus nachvollziehbaren Gründen nicht zur Verwirklichung des Baus einer Strombrücke gekommen war.

Vielmehr hatte sich im speziellen Fall der vor ihm liegenden Brücke die Ingenieurskunst auf sprichwörtlich konventionellen Gleisen bewegt, um die Konstruktion der Eisenbahnbrücke nach dem Primat des Stroms auszurichten und nicht umgekehrt. Was möglicherweise auch tieferen Gesetzen der Erdentstehung entsprach, nach denen als erstes die flüssige Materie und erst in gebührendem Abstand dazu festes Land entstanden waren.

Nach der leichten, auf den Brückenkopf hinführenden Steigung, die Tobias K wie die kaum wahrnehmbare Auffahrt auf eine sehr lange Rampe erlebte, wusste er aus Erfahrung, dass jenseits der Brücke eine scharfe Kurve folgte, die infolge der durch sie auf den Zug einwirkenden Fliehkraft eine rechtzeitige Drosselung der Reisegeschwindigkeit für sinnvoll erscheinen ließ, und zwar schon in gebührendem Abstand vor der Auffahrt auf die Brücke – ein Umstand, der durch die langen Bremswege moderner Züge bedingt war.

Auch im Zeitalter des Fortschritts hatte sich das schon in alten Zeitläuften entwickelte Konzept der weisen Voraussicht bislang durch kein innovativeres ersetzen lassen.

Gewiss, dachte sich Tobias K, sollte es im Zeitalter des Fortschritts nicht allzu sehr überraschen, wenn auch die Vorstellung der weisen Voraussicht eines fernen Tages einer kritischen Betrachtung unterzogen werden würde. Vielleicht würde man zu der Auffassung gelangen, dass sich hier gewissermaßen ein konzeptionelles Denk-Fossil aus alten Zeiten unreflektiert am Leben erhalten hatte, dessen Beibehaltung im Rahmen eines modernen, auf logisch-wissenschaftlichen Fundamenten beruhenden Denkens nicht mehr wünschenswert und somit überflüssig sei.

Aber vielleicht würde letztlich doch eine pragmatische Haltung die Oberhand gewinnen und diese schon so lang existierende Vorstellung einfach weiter bestehen lassen, weil sie schon so lang bestanden hatte und weil, selbst wenn sie im Sinn einer reinen, modernen Lehre nicht streng genommen lupenrein war, ihre Bekämpfung erhebliche Anstrengungen kosten würde, die angesichts dringenderer ökonomischer und zukunftsweisender Ambitionen aus rationaler Sicht nicht zu rechtfertigen wäre.

Möglicherweise war auch ein weiterer Umstand im Spiel, der die Verlangsamung der Geschwindigkeit vor der Brücke ratsam erscheinen ließ – das Alter des Bauwerks der Brücke.

Zwar ist Alter eine Frage der Relativität. Aber in einem Land, in dem, ohne der Gefahr einer allzu großzügigen Verallgemeinerung unterliegen zu wollen, im Grunde genommen alles schon in dem Moment veraltet war, als es sozusagen das Licht der Welt erblickt hatte – weil, während das Das-Licht-Erblickende eben noch damit beschäftigt war, die Augen zu öffnen, sich schon Neues in der Phase der Ent-

wicklung befand –, stellte die Brücke mit ihren im Stil mittel-
alterlicher Wehrburgen erbauten, wuchtigen Rundtürmen
geradezu ein Monument dar, das in der derzeitigen, als
Friedenszeit definierten Zeit an Türme längst vergessener,
romantisch-verklärter oder kriegerischer oder aus beiden
Anteilen verschmolzener geschichtlicher Epochen erinnerte.

Zweifellos erweckte die Brücke den Eindruck, so alt zu
sein, dass nur wenige Lebende in der Lage waren, sich daran
zu erinnern, wann sie einmal in einem kühnen Schwung
über den Strom gebaut worden war. Vielleicht waren klug
vorausschauende Köpfe zu der Auffassung gelangt, aus dem
Alter der Brücke touristisches Kapital schlagen zu können,
indem beispielsweise der Zug von als Rittern verkleideten
Bahn- bzw. Reichsbahnbeamten im Scherz auf offener Strecke angehalten und überfallen würde, um die Reisenden als
Entschädigung für den erlittenen Schreck einer kostenlosen
Schnellaufklärung über die Geschichte des Baus der Brücke

und wissenswerte Gepflogenheiten im Mittelalter zu unter-
ziehen.

Was im Einzelnen auch hinsichtlich der Zukunft der Brücke angedacht worden sein mochte, so hatte ihre in einem
anderen Zeitalter verwurzelte Ingenieurstechnologie vermutlich die Hand im Spiel, um eine maßvolle, verlangsamte
Geschwindigkeit beim Überqueren der Brücke als geboten
erscheinen zu lassen. Hierdurch erzwangen die alten Brückentürme und -bögen einen paradoxen Zoll. Wie langsam
auch immer das Überqueren der Brücke war, stellte sie doch
das Erreichen des anderen Ufers verlockend in Aussicht.

Wenn auch in einem längst vergangenen Zeitalter ver-
wurzelt, schwang die Brücke mit ihrer den breiten Strom
überspannenden, kraftvollen Konstruktion und den sich
selbstbewusst in den Himmel reckenden Brückentürmen,

die trotz ihrer Massivität ein schwebendes Flair erzeugten, dennoch im Rhythmus und Takt der neuen Zeit.

Aber wer sich, wie Tobias K, nur wenige Augenblicke zuvor von seinem Sitzplatz erhoben hatte, nun am Fenster des Zuges stand und ohne eigene Mitwirkung vorwärts bewegt wurde, dem konnte es widerfahren, bei aller Beschäftigung mit gegenwärtigen Belangen in eine andere Zeitdimension gezogen zu werden.

# II

Ein gefühlsmäßig schwer präzise beschreibbarer Zustand, der wohl dem einer Versunkenheit entsprach, stieg in Tobias K's Erleben auf: noch in fester Verbindung mit der Erdrinde zu stehen und dank der unablässigen Einwirkung der Schwerkraft auf ihr zu ruhen und dennoch sich langsam über die Dinge zu erheben oder, genauer gesagt, die Empfindung zu haben, über sie erhoben zu werden, da er an dem leichten Ansteigen des Zuges weder einen willentlichen Anteil hatte noch einen solchen zu beanspruchen vermochte. So stand Tobias K am Zugfenster, mit der rechten Hand den Fenstergriff umfassend, wobei die Hand sich selbst und die ihr zugehörigen Finger festhielt und hierdurch auch dem Körper in seiner Gesamtheit ein spürbares Maß an Halt in der senkrechten Position verlieh.

Tobias K's linke Hand ruhte seitlich an seinem Körper, sei es mangels einer anderen Anforderung an diese Körperextremität, sei es, um angesichts der ihn umgebenden, fremden Menschen vor allem sich selbst gegenüber einen lässigen Eindruck zu betonen. Obgleich einige seiner Gedanken schon mit ungeduldiger Erwartungsfreude den Sprung über den Strom gewagt hatten und mithilfe ihrer Einbildungskraft die imaginären Koffer durch die Bahnhofshalle zerrten, ohne dass ihnen nach tiefsinnigerem Kreisen in der Welt der Gefühle oder Erinnerungen zumute gewesen wäre, verhielten sich die Dinge so, ohne dass Tobias K dies hätte im Einzelnen darlegen können, dass ein anderer Teil seiner Gedankenwelt sich nicht in der Lage sah, sich, dem Zug vorauseilend, auf Gleisen der Gewissheit in den in greifbarer Nähe jenseits der Brücke liegenden Bahnhof zu versetzen. Warum dies so war, wusste Tobias K nicht. Sein Erleben dieses Umstands blieb in einem unbestimmten, wortlosen Raum verhaftet.

Dennoch registrierte Tobias K das leise Zittern einer Empfindung, so wie manchmal Menschen auf sie Zukommendes zu spüren scheinen, was sich erst aus der Distanz des Rückblicks als die Chiffren geheimnisvoller Vorahnungen begreifen lässt.

Vielleicht war es daher sinnvoll, sich selbst gegenüber eine gewisse Nonchalance zu zeigen, wenn auch weniger gegenüber Mitreisenden, die ihn ohnehin nicht kannten und, selbst wenn sie in ihm eine Art der Bekanntheit oder stillschweigender Seelenverwandtschaft entdeckt hätten, ihn ohnehin sehr bald nach dem Aussteigen wieder aus dem Gesichtskreis verlieren würden.

Vielleicht war es in der Erwartung eines Ereignisses, das noch den Späheraugen des bewussten Verstandes entzogen war – so wie auch der unermessliche Kontinent der nord- und südamerikanischen Hemisphäre der Welt vor Kolumbus vorenthalten gewesen war –, geraten, sich einer größeren Lockerheit anzuvertrauen. Weil es vielleicht keine Alternative zur Erwartung einer Entwicklung gab, die noch nicht zu beschreiben, nicht zu sehen, nicht zu hören, vermeintlich nicht wirklich war und dennoch feine, nur durch innere Seismografen registrierbare Wellen durch das Innere sandte.

Schaden anzurichten vermochte eine solche lockere Haltung nicht, sofern sie sich in ihrem unverkrampften Charakter als Haltung bezeichnen ließ. Denn Haltung bedeutete im üblichen Sinn die Zurschaustellung einer willentlich gestrafften, körperlichen aber natürlich auch seelischen Haltung, die Unziemlichem Halt gebietet sowie der Spannung zwischen dem Hier und Jetzt und der nicht auszuschließenden Möglichkeit der unerwarteten Endlichkeit der Existenz furchtlos ins Auge sieht. So ließ sich im Grunde das, was Tobias K in der von ihm zur Schau gestellten Versunkenheit zum Ausdruck brachte, eher als das Gegenteil einer Haltung, nämlich als eine Unhaltung beschreiben.

Denn außer dem Umstand, dass er die rechte Hand am Fenster hielt, wobei sich die Hand an sich selbst festhielt, aber auch dem Verbindungsglied des Arms mit dem an ihn gebundenen Körper die schon beschriebene Unterstützung für die Aufrechterhaltung der senkrechten Position gewährte, war von Haltung im strengen Sinn nicht allzu viel nachzuweisen. Gewiss wäre es möglich gewesen, von einer Hand- oder sogar Körperhaltung zu sprechen. Aber eine solche Betrachtungsweise hätte sich in bedenklichem Maß auf das nur rein Körperliche reduziert und hätte zu wenig die erheblichen Fortschritte berücksichtigt, die im Lauf eines sehr langen Zivilisationsprozesses dazu führten, dass der

Mensch sich über, wie es des Öfteren betont wird, die Niederungen des rein Animalischen erhebt, um sich mithilfe seiner besonderen Ausstattungen in die Regionen moralischer Stratosphären aufzuschwingen.

Zudem symbolisierte Tobias K's andere, lässig an den Körper angelehnte linke Hand geradezu das Wesen dieser Unhaltung, denn die Hand verkörperte in ihrem ausdruckslosen Ruhen kein ausgeprägtes Sinn- oder Seinsgefühl, das im Zusammenspiel all der Komponenten, die üblicherweise zur Erzeugung einer konventionellen Haltung mitschwingen, einen seriösen Beitrag hätte leisten können. Somit spiegelte Tobias K allein schon durch seine körperliche Präsenz alles andere als das Epos der Haltung wider.

Sein Zustand der Versunkenheit, in den er erst vor Kurzem geraten war, entsprach in seinem äußeren Gewand dem Erscheinungsbild der Unhaltung, wobei dieses Erscheinungsbild wiederum die Frage unbeantwortet ließ, ob es sich nur um einen Kontrast zu dem der Haltung handelte oder um eine anders geartete Erscheinungsform – so wie ein Mensch und ein Unmensch oder Mensch und Tier nicht notwendigerweise grundsätzlich unterschiedliche Wesensformen vertreten, wobei jedoch dahingestellt bleiben mag, wie strittig derlei Angelegenheiten sind.

Jedenfalls wurde Tobias K schnell bewusst, dass er in Seitenarme seines Denkens getrieben wurde, die er sinnvollerweise den Philosophen überlassen sollte. Vielleicht würden sie ihn darüber aufklären, ob es sich bei ihm tatsächlich um einen Menschen handelte oder um eine Unter- oder Oberkategorie von Mensch oder letztlich nur um ein mit spezifischen Eigenschaften ausgestattetes Ding an sich, dessen Wesen so lang undefinierbar war, bis es nach Erlangung einer alternativen Seinsform sozusagen verwest war – was wiederum vor Augen führt, mit welcher Behendigkeit die Sprache mithilfe nur kleinster Vorsilben oder sogenannter Präpositionen mit leichtem, gutturalen Sprung existenzielle Abgründe zu überwinden vermag.

Vielleicht hätte es Tobias K beruhigt, dass sich sein Zustand als der einer Unhaltung erfassen ließ. Dies änderte jedoch nichts an dem Umstand, dass er, der so unvermutet und entgegen seiner willentlichen Absichten in den Sog einer ihm zwar nicht völlig unbekannten, aber doch an Intensität überraschenden Versunkenheit geraten war, noch nicht zu sagen vermocht hätte, was auf ihn zukommen würde, außer, dass es sich um ein undefinierbares Etwas handelte.

Er spürte nur, dass es eine Ähnlichkeit zu der äußeren Situation aufwies. Denn er, der sich in der gedanklichen Verfassung eines Durchschnittsreisenden sein Ticket gekauft, den Zug ausgewählt und das Abfahrtsgleis schließlich gefunden hatte, hatte sich – zwecks des Erreichens seines Reiseziels und in völlig freier Entscheidung – einer höheren Macht überlassen und anvertraut, die, oberflächlich besehen, ihm zu Diensten stand, indem sie ihn über eine erhebliche Gleisdistanz beförderte, was zu früheren Zeiten Tage, wenn nicht Wochen von nicht ungefährlichen Fußmärschen erfordert hätte.

Aber dennoch, und dies wurde ihm erst jetzt bewusst, hatte er sich beim Besteigen des Zuges auch einer Macht anvertraut, auf deren Wirken, so wohlwollend und auf eine Erfüllung seines Zielwunsches ausgerichtet ihre Absichten auch waren oder zumindest schienen, seine Einflussnahme beschränkt war.

Nicht an jedem Bahnhof aussteigen zu können, war ihm einsichtig, ebenso wie der Einstieg in auf schnelle Beförderung ausgerichtete Züge den Verzicht darauf bedeutete, während der Reise schnell aus dem Waggon zu springen, um bei einer gleisnah gelegenen Imbissbude ein Würstchen zu erstehen. Er hatte auch zu akzeptieren, dass der Zug mit einer Geschwindigkeit fuhr, das heißt bislang gefahren war, die es als schwierig, wenn nicht unmöglich gestaltete, die an seinem Auge hastig vorübereilende Flut an Eindrücken in sich aufzunehmen.

Vieles verschwamm in einem Farbaquarell, als würde ein frisches Gemälde in den Regen gestellt. Felder erreichten sein Auge nur als grüne oder gelb-goldene Farbmuster, da die erdige Fülle ihres Geruchs nicht zu seinen Sinnen vordringen konnte. Obgleich ihm das Geräusch des fahrenden Zuges in seinen metallischen Schwingungen durchaus nicht unangenehm war, hätte er sich gewünscht, hin und wieder innehalten zu können, um die Stille eines Ortes längs der Gleise wahrzunehmen – eine Stille, wie sie so selten war, und die so zart gewesen wäre, dass er das Gleiten eines Vogels in der Luft hätte hören können oder die kurze Zeitspanne, in der hin und wieder ein Blatt in spiralförmigen Bögen zu Boden sinkt, um mit einem leisen, schlierenden Klang zum Stillstand zu kommen.

Grundsätzlich hätte für ihn die Möglichkeit bestanden, die Notbremse zu ziehen, was für ihn jedoch anstatt der zu erwartenden Stille unerfreuliche Konsequenzen nach sich gezogen und irritierende Auswirkungen für ein Segment des Eisenbahnnetzes gehabt hätte, das sich wie feine und von Jahr zu Jahr dichter spannende Fäden über den ganzen Kontinent ausbreitete. Zudem war der ungeplante Stillstand eines Zuges auf dem Gleis nicht ohne Risiken, was unter Umständen zu einem Auffahrunglück und schlimmstenfalls zu einer Katastrophe hätte führen können.

Abgesehen von weiteren theoretisch denkbaren Möglichkeiten der Einflussnahme war der Umstand nicht zu übersehen, dass er, Tobias K, einen unter vielen Reisenden repräsentierte, der während der Reisezeit einen nicht uner-

heblichen Teil der Verfügungsgewalt über sein Schicksal

einer fremden Macht in die Hand gelegt hatte, die ihn quasi

in einem fahrbaren Käfig von einem Punkt auf der Landkarte

zu einem anderen bringen würde.

Würde der Zug seinem Auftrag gemäß Tobias K's Wunsch

erfüllen, würde er schließlich am Zielbahnhof wohlbehalten,

wenn vermutlich auch müder und in buchstäblichem Sinn

erfahrungsreicher sowie um die Reisezeit älter geworden,

eintreffen. Würde es jedoch der Zuggewalt in den Sinn kom-

men, im Gehorsam gegenüber noch höheren Mächten ihn ins

Verderben zu ziehen, so würde er, Tobias K, zweifellos auch

ein Ziel, und zwar ein endgültiges Ziel erreichen, nämlich

den Tod. Was aus bahntechnischer Sicht eine Abweichung

oder bildlich gesprochen eine Entgleisung von der Verwirk-

lichung des ursprünglich ins Auge gefassten Reiseziels dar-

stellen würde.

In diesem Fall würden sich die Überlegungen, die Tobias K bezüglich der weiteren Gestaltung der Reise nach dem Erreichen des Zielbahnhofs angestellt hatte, erübrigen.

Welche Gedanken sich in der Dramatik der Konfrontation mit der Endlichkeit der eigenen Existenz, deren Dauer gelegentlich sehr beschränkt sein kann, abspielen, gehört zu den schwer ergründbaren Feldern menschlicher Existenz. Durch die moderne Wissenschaft nur unzureichend ausgeleuchtet werden sie möglicherweise dem Licht der Erkenntnis für immer verschlossen bleiben.

Aber Tobias K verspürte kein allzu dringendes Bedürfnis, Fragen dieser Art weitergehend zu verfolgen, nicht weil er sie nicht für bedeutsam gehalten hätte, sondern weil er im Grunde schon unter die Einwirkung jenes Zustandes geraten war, den er nur mit dem Begriff der Versunkenheit hätte wiedergeben können, und der ihn in eine ihm noch nicht fassbare Richtung zog.

Was er jedoch spürte, und zwar kurz bevor der Zug, in dem er ein Mitreisender war, auf die Brücke auffuhr, war, dass der innere Prozess, der ihn in den Zustand der Versunkenheit eintauchte, schon so an spürbarer Präsenz gewonnen hatte, dass es Tobias K nicht mehr möglich war, sich ihm zu entziehen.

In Unhaltung dem auf ihn Zukommenden entgegenzusehen erschien ihm die einzige ihm jetzt zur Verfügung stehende Haltung zu sein.

III

Tobias K's Scheitel hatte die gleiche Höhe wie die der
Baumspitzen erreicht, an denen der Zug vorüberfuhr. Sein
Blick sah über eine häuserleere Gegend, in der das Flussufer
von hohen Pappeln gesäumt war, und es schien, als würde
der Zug, sofern er sich nicht bald auf die Horizontale der
Überfahrt über die Brücken einstimmen würde, zunehmend
höher in Richtung der Wolken aufsteigen. Der Strom trat
in sein Blickfeld, in östlicher Richtung aus einer sehr weit
geschwungenen Kurve herausfließend, um sich dann, in
westlicher Richtung seine Reise fortsetzend, in einer weit
sich hinziehenden Linkskurve wieder dem Blick zu entziehen, als der Zug nun auf die Brücke auffuhr.

Der metallische Klang der Zugspitze, der entstand, nachdem sie die aus eisernen Bestandteilen bestehende Brücke berührt hatte, pflanzte sich in den Waggon fort, in dem Tobias K saß, und verstärkte sich durch den zwischen den Gleisen und der Flussoberfläche befindlichen Luftraum. Tobias K wurde sich zwischen den in einzelnen, sich in der Vorbeifahrt abzeichnenden Brückenstreben und der Silhouette der sich am gegenüberliegenden Flussufer abzeichnenden Stadt der Tatsache bewusst, dass er sich in einem Waggon befand, der dank raffinierter, technischer Errungenschaften in scheinbar unbekümmerter Überwindung physikalischer Kräfte gleichsam über den Strom schwebte.

In ruhigem Rhythmus vibrierten die Lötstellen der Gleise durch seinen Körper und vermittelten ihm, dessen Augen über den im Mittelpunkt seines Blickfelds dahinfließenden Strom und seine von Wellen fein geriffelte Oberfläche glitten, das unvermutete Gefühl, in eine ferne Zeit gewiegt zu werden. Als drehte, ohne dass er dies im Entferntesten bewusst angestrebt hätte, eine ihm nicht fassbare Kraft, die er weder sich selbst noch der Außenwelt hätte zuordnen können, sein Lebensgefühl in einem schwungvollen Moment an im Schimmer der Frühzeit liegende Anfänge zurück, deren Konturen nicht minder schwer zu ermessen waren als die Silberlinie am Horizont, wo der in majestätischer Breite dahinfließende Strom im Grenzbereich von Himmel, Wolken und Wasser in das Licht der sichtbaren Existenz trat. Ähnlich wie das Eintreten des Stroms in die Wirklichkeit des Wahrgenommenwerdens nicht in der Unendlichkeit liegen konnte, sondern nur in einer überschaubaren und letztlich messbaren Entfernung, wobei auch die weiteste Sicht über den Erdball letztlich durch die Kugelform der Erde begrenzt ist, so spiegelte sich auch in Tobias K's Zeitempfinden die Spannung zwischen der fassbaren Zahl der Jahre, die ihn von der

Frühzeit trennten, und dem Gefühl wider, als könne die Zeit im Unendlichen liegen.

Er wusste, dass zwischen der Versunkenheit, die während des Passierens der Brückentürme das Tor in einen frühen Raum aufgestoßen hatte, und der Gegenwart, die von präzisen Zeitbegriffen wie Ankunfts- und Abfahrtszeiten und der sie mit Argusaugen überwachenden Pünktlichkeit des Zuges geleitet wurde, eine nur endliche Zeitspanne lag, die logischerweise nicht mehr als die bisher zurückgelegte Lebenszeit betragen konnte.

Dennoch schien es Tobias K, während sein Blick von der wie in Silber gegossenen Linie des Horizonts gefangen gehalten wurde, als verschwimme die Koordinate des Zeitlineals, das sein Leben überspannte, je weiter er zurücksah, und als geriete er mit jedem der vertikalen Brückenträger, die der Brücke ihren Halt vermittelten und sie in der Balance hielten, gleichzeitig entlang einer Zeitachse auf seiner Lebenslinie schrittweise in die Vergangenheit zurück. Je weiter er zurückglitt, als würde er in der Zeit zurückgezogen werden, desto mehr schienen sich seine Gedanken in feine, wie silbern funkelnde Nebel schwer fassbarer, hin- und herhuschender Gefühle, Ahnungen, Anmutungen, Mutmaßungen und Erinnerungstupfer zu verlieren, denen ein Außenstehender das Siegel der Wirklichkeit hätte absprechen können, die jedoch für Tobias K ein ähnliches Maß an Wirklichkeit wie die über dem Strom schwebenden Nebel oder das Eintreten des Stroms aus der zarten Linie des Horizonts in sein Blickfeld verkörperten.

Obwohl Tobias K nicht jenseits des Vorhangs des Horizonts zu schauen vermochte, aber doch Grund zu der Annahme hatte, dass der Strom aus noch tiefer im Raum zurückliegenden Regionen entsprungen war, um sich mit stetiger Geschwindigkeit unter den Brückenbögen einer weit im Norden liegenden Mündung zuzubewegen, so erschien ihm sein Leben vor seinem inneren Auge in einem ähnlichen Licht. Innerhalb der Zeitspanne, während der der Waggon auf der Brücke zwischen den Ufern des breiten Stroms schwebte, würde Tobias K's Bewusstsein zwischen den begrenzenden Linien seines Lebens oszillieren – dem Beginn, der sich in feinsten Verästelungen der Anfänge auflöste, und dem zu gegebener Zeit eintretenden Ende, das sich nach einer Lebensreise in den Kelch einer Konturlosigkeit verlieren würde, wie auch der Strom nach der Mündung in das Meer seine Identität aufgeben würde.

Wie er zwischen dem Ufer der einen Stromseite und der zu erreichenden anderen Uferseite schwebte, schwebte er auch in der Versunkenheit der Zeit, die ihm das Gesicht des Moments vor Augen hielt, während sie ihm auch einen in dieser Dichte vielleicht nie zuvor erlebten Einblick in die Dimension zeitlicher Gestalt offenbarte. Als hätten die geheimnisvollen Brückentürme die Zeit dazu verlocken können, hinter dem strengen Metronom der Gegenwart mit seinem staccatoartigen Ablauf ihre Magie preiszugeben – dass sie die gesamte Zeit umfasste, die Tobias K bislang erlebt hatte: die in blauer Unendlichkeit verschwimmende frühe Zeit, die Dichte der gegenwärtigen Zeit und auch den Spannungsbogen der in die Zukunft deutenden Zeit, deren Inhalte noch unerfahren waren, aber deren wartende Schale schon bereit stand, kostbar, aber auch zerbrechlich, und jeden Moment der Möglichkeit ausgesetzt, von den undurchschaubaren Händen des Zufalls fallengelassen zu werden, um auf dem kalten Steinboden der Wirklichkeit zu zerspringen.

Nicht nur die fassbare Zeit, die in kleine Segmente teilbare Zeit, die auf präzise festgehaltenen Koordinaten aufgezeichnete Zeit wirkte in den Ablauf der Dinge hinein. Tobias K empfand in jenen Momenten, an deren Ufer die sachten

Wellen früher Zeiten ausklangen, auch die Zeit der Zeitlosigkeit.

Er hätte, was er empfand, nicht zu beschreiben vermocht.
Es war ein Zustand, eine Verfassung oder in Ermangelung
fassbarer Kategorisierung ein Sein, in dem Zeit in solcher
Hülle und Fülle, in solch wolkenhaftiger Kumulierung vor-
handen war und durch die Landschaft der Versunkenheit
schwebte, dass Tobias K nicht auf den Gedanken gekommen
wäre, sie exakt vermessen zu wollen. Oder war es vielleicht
so, dass, wie und in welcher Form auch immer Zeit existent
gewesen sein mochte, der Zustand der Versunkenheit von
solch tröstender Gelassenheit war, dass er gar nicht auf den
Gedanken gekommen wäre, sich des Phänomens der Zeit
bewusst zu werden?

Gewiss war ihm die nachhaltige Bedeutung von Pünktlichkeit bewusst, da sich aus ihrer Beachtung oder Nicht-

beachtung Konsequenzen ergeben konnten, die, wie er im Lauf seines Lebens hatte beobachten können, gravierende Auswirkungen nach sich zu ziehen vermochten.

Zeit bewegte sich aber auch in tieferen Schichten als der der Pünktlichkeit. Der Gang der Monde und Planeten, das Aufleuchten und Erlöschen des Sonnenlichts, die Oszillationen des Atems ließen sich allesamt in Rastern von Zeit fassen. Sie alle waren Abkömmlinge dieser großen, so schwer fassbaren Urmutter, der sie ihr Leben zu verdanken hatten. Aber sie selbst, die Zeit, schien ein in tiefen Grotten verborgenes Leben zu führen.

Was war Zeit? Was war, so dachte Tobias K, Zeit ohne die reichen Facetten, die sich auf die Zeit bezogen, ohne dass sie letztlich zu sagen vermochten was sie, die Zeit, war? Selbst wenn es grundsätzlich möglich war, das Wesen der Zeit zu erfassen, warum war es ihm nicht möglich, es zu fassen? War es eine Frage der Intelligenz?

Fehlte es ihm an Begabung, ein augenscheinlich so sichtbar wirkliches Phänomen wie das der Zeit und der Gewänder, in denen sie zu erscheinen beliebte, zu begreifen? Die Morgenzeit, die Mittagszeit, die Abendzeit, die Nachtzeit, die Zeit zu kommen und zu gehen, und selbst, wie immer wieder anekdotenhaft berichtet wird, die Zeit zum Sterben, als habe auch der Tod eine Zeit für die Durchführung seiner Ziele reserviert?

Warum verschwamm Zeit am Horizont des Bewusstseins in der Form, wie er es erlebte? Warum löste sie sich in tanzende Bewegungen auf, in Wahrnehmungen, die in einen solchen Überschwang an Zeit getaucht waren, dass Reflektionen über sie ebenso wenig notwendig erschienen, wie es bei Wellen der Fall ist, die nicht über den Sinn ihres fluiden

Seins nachzudenken brauchen, sondern sich ganz dem Auf-
und Abwiegen hingeben können? Oder verhielt es sich so,
dass Zeit vielleicht letztlich eine Illusion und noch gar nicht
existent war? Gab es winzigste Keime von Zeit? Gab es eine
Entwicklung der Zeit, die aus feinsten Verästelungen in ein
Zeitbewusstsein gewachsen war? Oder waren Überfluss an
Zeit und Zeitvakuum nur zwei Seiten eines Zustandes, der
sich dadurch auszeichnete, dass sie, die Zeit, letztlich nicht
allzu relevant war? So wie es einen unendlichen oder zumindest das Bewusstsein überfordernden Raum gibt, der für ein
irdisches Leben kaum von Bedeutung ist, da er nie durch-
messen werden kann.

Die Brückentürme, die bei der Auffahrt des Zuges auf die
Brücke wie mächtige Zeugen eines anderen Zeitalters vor
Tobias K's Blickfeld vorübergeglitten waren, während sich
der Zug näher an das in Fahrtrichtung liegende andere Ufer
heranbewegte, hatten sich seiner Sicht wieder entzogen.

Weiter unten am Strom, in westlicher Richtung und sich in der zarten Tönung des Abendlichts scharf gegen den Abendhimmel abzeichnend lag das Dächermeer der Stadt, die sich in eine zurückhaltend leicht geschwungene Bucht wie in die Schalen einer Muschel schmiegte und deren Silhouette trotz einer Zahl höher ragender Gebäude von dem markanten, sich in den Himmel zuspitzenden Turm der Kathedrale beherrscht war.

So aufdringlich auch die groben Konturen der höheren Gebäude wirken mochten, so gelang es ihnen doch nicht, die Kathedrale ins Abseits zu drängen. Jahrhunderte mochten verflossen sein, aber die Kathedrale hatte den Stürmen der Zeit die Stirn geboten. Es mag ein Stolz gewesen sein, der sie aufrecht in den Himmel blicken ließ, ungebrochen von den wechselvollen Jahren, die an ihr vorübergezogen waren.

Bald, vermutete Tobias K, würde der Zug das anvisierte Landufer passieren. Die Spitze des Zuges, die in erheblichem Abstand vor dem Waggon, in dem Tobias K saß, voranfuhr, hatte möglicherweise schon das jenseitige Ufer erreicht. Es würde ihr gewiss gelingen, auch die nachfolgenden Waggons nach sich zu ziehen, die bislang noch zwischen dem Himmel und dem Strom zu schweben schienen.

Es würde nicht mehr lang dauern, bis sich rechter- und linkerhand die am jenseitigen Brückenende platzierten, sandsteinroten Türme in sein Blickfeld schieben würden, so hoch aufragend, dass er sie nur würde ermessen können, wenn er seinen Kopf extrem abgewinkelt zurückneigte, und vermeintlich so nahe, dass er sie beinahe mit ausgestrecktem Arm würde berühren können, was jedoch in Anbetracht zu beachtender Sicherheitsabstände eine Wunschvorstellung zu bleiben hatte.

Und schon, als er das metallische, schrille Quietschen hörte, das durch das Einbiegen das Zuges in eine scharfe Rechtskurve nach dem Verlassen der Brücke bedingt war und sich wie ein hoher, leiser Schrei entlang des ganzen Zuges fortpflanzte und Tobias K's Körper die Einwirkung der Fliehkraft verspüren ließ, der er durch ein leichtes Abstützen seines Oberkörpers mithilfe der linken Hand entgegenwirkte, schob sich unvermutet die Erinnerung in sein Bewusstsein, dass er diese Brücke, die er gerade hinter sich gelassen hatte, nicht nur nicht zum ersten Mal, sondern überdies schon vor langer Zeit überquert hatte.

Schon vor der Auffahrt auf die Brücke hatte Tobias K die Empfindung gehabt, obgleich er den Zustand der Versunkenheit nicht näher hätte artikulieren können, dass ihm diese Brücke in einer sehr besonderen Weise vertraut war, als hätten die mächtigen Bollwerke der Brückentürme die Spuren seiner Erinnerung noch deutlicher in seinem Bewusstsein aufleuchten lassen.

Zwar hatte er diese Brücke mehrfach in seinem Leben überquert, sodass ihr Überqueren ein Akt der Selbstverständlichkeit geworden war, über den nachzudenken ebenso wenig erforderlich schien wie über den abendlichen, in die unerschütterliche Gewissheit getränkten Glauben, nach der Nachtruhe am Morgen wieder in lebendem Zustand aufzuwachen.

Aber es war, als habe die eben erlebte Überfahrt über die Brücke diese Kruste der Selbstverständlichkeit durchbrochen und ihn an der Auferstehung dessen, was hinter dem matten Glas der Selbstverständlichkeit verborgen lag, erstmals wieder teilhaben lassen.

Denn schon einmal, vor sehr vielen Jahren, die sich nurmehr als schattenhafte, zarte Andeutungen in seinem Bewusstsein widerspiegelten, war er zum ersten Mal über diese Brücke gefahren. Er wusste, dass es so gewesen sein musste, auch wenn sich die chiffrenhaften Andeutungen des damaligen Ereignisses nie zu einem lückenlosen Bild zusammengefügt hatten, sondern, sich bewussten Bemühungen widersetzend, im Zustand einer lückenhaften Collage geblieben waren – entstanden aus dem Gefühl des Erstaunens angesichts des Anblicks der Türme, die sich damals ungleich höher, trutziger, imposanter und in kräftig leuchtender Rotsandsteinfarbe erhoben hatten. Begünstigt durch das bleibende Gefühl der Langsamkeit, als sei der Zug damals, weißen Rauch ausstoßend, lang, schier endlos lang, mitten auf der Brücke stehengeblieben, vermutlich weil die Brücke infolge zuvor sich ereignender, kriegerischer Geschehnisse in

Mitleidenschaft gezogen worden und nur, wenn überhaupt, im Schritttempo passierbar gewesen war.

Selbst für den Fall, dass sie damals passierbar war, war dies wahrscheinlich nur durch das Einlegen zahlreicher Zwischenhalte möglich gewesen um sicherzustellen, ob die notbehelfsmäßig durchgeführten Instandsetzungen der Brückenschäden dem Gewicht des Zuges standhalten würden, wenngleich die Angst mitschwang, ob die Brücke die ihr zugemutete Last auch tatsächlich tragen würde. Eine Angst, die vom Flusssand der Zeit zunehmend zugeschichtet worden war und in der Erinnerung nur noch wie eine kleine Boje auf den Wellen des Gefühls tanzte, keinen festen Boden unter den Füßen gehabt zu haben.

So schien es Tobias K, dass er damals vermutlich zum ersten Mal überhaupt in seinem Leben eine sich weit über einen Strom spannende Brücke gesehen hatte und auch die sich tief unter ihm breit dahinwälzende, bläulich-silbern schimmernde Masse eines Stroms, einer Erscheinungsform des Elements Wasser, mit dem er bis zum damaligen Zeitpunkt keine tiefgehenden Erfahrungen gemacht hatte, der aber damals in einer bis dahin nicht erlebten machtvollen Würde unter ihm dahinzog.

So schier unbegreifbar groß schien der Strom, dass er ihn damals gar nicht hatte wirklich begreifen können. Vielleicht schwang in dem ungeheuer großen, in stetigen Bewegungen sich dahin bewegenden Phänomen, das so anders als die Landmassen keinen Moment der Ruhe zu erleben schien, ein ihm bis heute nicht begreifbarer Aspekt, weil er seinem Bedürfnis nach festen und fassbaren Wirklichkeiten widersprach. Ihm war, als habe ihn erst die heutige Überfahrt an eine Erfahrung herangeführt, die wie in einer vergessenen Kammer in seinem Bewusstsein verschlossen geblieben war – die Erfahrung des Nicht- oder nur sehr schweren Begreifenkönnens fluider Erscheinungsformen, seien es Ströme, Stürme, Feuer und, in seinem Empfinden, auch das Phänomen der Zeit.

Erscheinungen vermochte er nur in bestimmten Ausdrucksformen und dann auch nur in tolerablen Quantitäten zu begreifen. Sie überforderten sein Begriffsvermögen, wenn sie sich, gesteuert von Kräften, die seine Vorstellungskraft überstiegen, dahinbewegten, dahinglitten, dahinwälzten. Einen ausgekühlten, festen Lavastein in der Hand zu halten und zu begreifen, war ihm möglich, aber Zeuge der Urgewalt eines feuerspeienden Vulkans zu sein und wirklich den Ablauf eines solch überwältigenden Prozesses zu verstehen, würde sein Begriffsvermögen übersteigen.

Ob der Zug damals zu einem Halt gekommen war, wusste er nicht, aber er war in seiner Erinnerung langsam gefahren. Dies mit Sicherheit beweisen zu können, wäre ihm nicht

möglich gewesen, und dennoch war das Gefühl der Langsamkeit so ausgeprägt und so stark in ihm verankert, dass
es ihm schien, als könne er nicht wirklich erfassen, wie der
damalige Zug jemals die Spannweite der Brücke, die zwischen den Türmen auf dem diesseitigen und dem jenseitigen
Ufer lag, bewältigen konnte. Beinahe als würde der Zug, in
dem er damals gesessen hatte und der von einer schwarz-
verrußten Lokomotive, die fauchend weiße Dampfwolken
ausstieß, gezogen wurde, im Grunde genommen bis an sein
Lebensende die so geringe Distanz der Brücke nie bewältigen können. Als würde die Dampflokomotive, auch wenn
sie aus objektiver Sicht besehen nicht stillstand, sondern
sich äußerst langsam, zaudernd tastend vorwärts bewegte,
im Widerspruch zur physikalischen Logik nie die Uferseite
erreicht haben können, in deren Richtung ihn jetzt die
moderne, aerodynamisch geformte Elektrolokomotive zog.

Vielleicht würde er sich eines Tages, wenn er wie ein Kahn auf dem Strom dem Ende seines Lebens entgegengetragen und ihm noch einmal, zum letzten Mal, das Bild dieser Brücke in den Sinn kommen würde, noch einmal aus einem Waggon schauend und in großer Leichtigkeit zwischen den Brückentürmen frei schwebend erleben, als verkörperten die Türme in ihrer sandsteinroten Imposanz nicht nur die Markierungen zwischen den Elementen von Erde, Wasser und Luft, sondern auch das Portal in eine andere Welt.

Vielleicht hatte das damalige Überqueren der Brücke in seiner Form der Langsamkeit, die kein völliger Stillstand gewesen sein konnte, da die damalige Überquerung der Brücke aus rein logischer Sicht gelungen sein musste, dazu geführt, dass ihm auch die derzeitige Passage über die Brücke ungleich langsamer erschienen war, als sie tatsächlich gewesen sein konnte.

Denn obwohl er die Drosselung der Zuggeschwindigkeit vor der Auffahrt auf die Brücke wahrgenommen hatte, so war sie relativ gewesen, da der Zug bis dahin schnell durch das Land geeilt war, was er an dem verwaschenen Vorübergleiten der nahe der Gleise gelegenen Häuser hatte ermessen können, wie auch an der Tatsache, dass die Reisezeit durch das Land, das er durchquert hatte, im Vergleich zu früher spürbar zusammengeschrumpft war.

Reisen war dem Sog der Schnelligkeit erlegen. Auch dies war ein Ausdruck der gewaltigen Veränderungen, die das Land ihrem Willen unterworfen hatten und im Zuge derer sich das Schauspiel vielschichtiger, landschaftlicher Stimmungen, Wolkengebilde, Farben und längs der Gleise klar wahrnehmbarer Menschen mit ihren Gesichtern und winkenden Taschentüchern zu einer linearen Bewältigung geografischer Distanzen verwandelt hatte. Reisen hatte sich von der Begegnung mit einem Füllhorn vielgestaltiger, differenzierter Eindrücke dahingehend verschoben, die Reisedistanz zwischen zwei Punkten A und B in möglichst kurzer Zeit zu bewältigen und hierbei tunlichst von abträglichen Einflüssen wie Witterungslaunen und irritierenden Verspätungen verschont zu bleiben und zudem möglichst Zeit zu gewinnen – als gäbe es die prinzipielle Möglichkeit des Zeitgewinns –, indem durch ein bewundernswert effizientes Hochpeitschen der Maximalgeschwindigkeit und ein kluges Anpeilen der Kurven Minuten aus der großen Olivenpresse der Zeit ausgepresst wurden, sodass der Fahrgast nicht nur fünf oder sogar zehn Minuten früher am Zielbahnhof eintreffen würde, sondern hierdurch auch fünf bis zehn Minuten jünger als er oder sie es erwartungsgemäß andernfalls gewesen wäre. Obgleich eine Form der Verjüngung aufgrund von Überpünktlichkeit selten angemessen und in Dankesschreiben zum Ausdruck gebracht worden ist.

War so besehen Tobias K vielleicht aufgrund seines ersten, langsamen, ja fast unendlich langsam erscheinenden, damaligen Überquerens der Brücke älter, als er es hätte sein sollen? Dieser Gedanke war für Tobias K überraschend neu, da er bislang den Rückblick in seine frühere Lebenszeit jeweils mit Phasen des Jüngerseins gleichgesetzt hatte.

Vielleicht, und dies war in seiner Seltsamkeit für ihn berührend, war er, der damals aus dem fast unendlich langsamen Zug den sich überwältigend darbietenden Erscheinungsformen des großen Stroms, der mächtigen Brücke und der schier endlosen Langsamkeit begegnet war, während der kurzen Distanz, die der Fluglinie zwischen den an den beiden Ufern in die Erde gerammten Brückentürmen entsprach, zwar äußerlich für jedermann erkenntlich jung gewesen. Vielleicht war er aber auch gleichzeitig im Verlauf dieser so unfassbar langsamen Brückenfahrt alt im Sinn einer Vorahnung von Altsein geworden, die sich im Verlauf eines menschlichen Lebens vollzieht, wenn ein Mensch gleichsam in einem Kahn die ganze Strecke des Lebensstroms entlang getrieben ist und der sich unerbittlich weitenden Öffnung der Mündung zustrebt, wo die bis dahin begleitenden Umrisse der Flussufer im Grenzland von Erde, Wasser und Himmel verschmelzen und sich die Wesenhaftigkeiten von Körper und Seele nach dem, was einmal gewesen war, jetzt ist oder hätte gewesen sein können, auflösen oder auflösend verströmen oder in einen Zustand übergehen, der sich nicht mehr in Worte fassen lässt oder gar nicht mehr als ein Zustand zu bezeichnen wäre, sondern nur als eine unbestimmbare Form des Seins.

Je mehr er sich seinen Gedanken überließ, desto gelassener wurde Tobias K gegenüber dem Ungewöhlichen und desto freier fühlte er sich, seinen Gedanken zu erlauben, ihre eigenen Kreise zu ziehen. Selbst was den Gedanken betraf, dass er damals tatsächlich im Erleben der unfassbaren Langsamkeit die Vorahnung des Altseins erlebt haben könnte, aber doch gleichzeitig jung geblieben war. So wie auf dieser Reise die Magie der sandsteinroten Brückentürme es bewirkt hatte, ihn, der inzwischen äußerlich älter als damals geworden war, in einen Zustand zu versetzen, in dem er sich dennoch wieder jung, so sehr jung erlebte. So jung, dass die Beschäftigungen mit den Inhalten und Anforderungen einer einigermaßen, wenn auch nicht immer leicht bewältigten, sogenannten ordentlichen Existenz während der Überquerung der Brücke an den Rand seiner Aufmerksamkeit gerückt waren.

Vielleicht war er damals, so zogen seine Gedanken ihre weiteren Kreise, obwohl sein Bewusstsein noch in der silbernen Schale der Zeitlosigkeit aufbewahrt gewesen war, schon alles gewesen, sowohl jung als auch alt. Und vielleicht würden das Jungsein und das Altsein im Parallelogramm der auf ihn wirkenden Impulse einmal mehr in diese oder jene

Richtung ausschlagen. Und vielleicht würde er, wenn er dem Stromdelta seines Lebens entgegentreiben würde, sich so fühlen, als würden die Eckdaten seiner Lebenswelt in einem Gefühl zeitlosen Jungseins verschmelzen, sodass das Einmeißeln eines vom Geburtsdatum unterschiedlichen Sterbedatums auf dem Grabstein irreführend sein könnte. Denn er würde möglicherweise in einer inneren Verfassung in das offene Meer der Unbestimmtheit treiben, die der entsprechen würde, als er das sogenannte Licht der Welt erblickt hatte. Weshalb es vielleicht eine wahrheitsgetreuere Widerspiegelung der inneren Wirklichkeit wäre, auf dem Grabstein das Geburts- und Sterbedatum als identisch anzugeben. Da dies jedoch aller Voraussicht nach auf wenig Verständnis bei den Friedhofsbehörden stoßen und ein solches Aussteigen aus der üblichen Vorstellungswelt das Fundament der konventionellen Zeitrechung erschüttern würde, würde ein so formulierter letzter Wille, auch wenn er im Grunde nur auf

dem Einmeißeln einer unüblichen Darstellung von Jahres-
zahlen beruhte, unerfüllt bleiben.

Zudem würde man seitens der Friedhofsbehörden und
gewiss auch kirchlicherseits das Argument vortragen, dass
ein solcher Wunsch der Grabgestaltung für die Nachwelt
eine Überforderung darstellen würde. „Stellen Sie sich doch
bitte vor, verehrter Herr Tobias K, ihr Enkelkind stünde vor
ihrem Grabstein und müsste den Eintragungen auf der Grab-
platte entnehmen, Sie wären nur einen Tag alt geworden,
und würde das dann in der Schule erzählen. Bitte stellen
Sie sich doch vor, welche unerträglichen Belastungen dies
mit sich bringen würde. Sehen Sie daher bitte von diesem
Ihrem letzten Willen ab. Wir erfüllen ihnen jeden anderen
letzten Willen. Wir spendieren Ihnen sogar einen Kranz als
Ausdruck unserer kirchlichen Wertschätzung. Aber, bitte,
ersparen Sie uns diese Unannehmlichkeit."

„Nun", dachte sich Tobias K, „so ist es wohl eine nicht allzu seltene Eigenschaft eines letzten Willens, unerfüllbar zu bleiben. Nicht nur weil dieser mein letzter Wille, so bescheiden, anspruchslos und persönlich er auch anmuten mag, Auswirkungen hat, die das Fundament, auf denen das Denken beruht, ins Wanken bringen könnte. Obgleich nicht einmal ein sanfter Windhauch durch die Luft sondern nur ein Gedanke durch die Köpfe zieht, und weil es vielleicht gar nicht möglich ist, exakt zu bestimmen, was der letzte Wille beinhaltet."

Selbst wenn er, so sinnierte Tobias K weiter, einen solchen letzten Willen formulieren würde, könnte es ihm widerfahren — so wie es ihm heute widerfahren war —, in einen Zustand der Versunkenheit zu geraten, sodass, nachdem er seinen letzten Willen zu Papier gebracht hätte, zu seinem Erstaunen noch ein neuer, unvorhergesehener letzter Wille auf ihn zukommen würde.

Vielleicht würde, noch während die Sprache im Abend-
licht einer körperlichen Schwäche Anstalten machte aus-
zuklingen, wie ein Abendstern ein allerletzter Wille auftau-
chen, sich noch einmal auf der Brücke zu befinden, in jenem
schwebenden Gefühl der Langsamkeit, die damals wirklich
und nur sehr zart zu empfinden war und die das Erreichen
des jenseitigen Ufers als eine Wahrscheinlichkeit in Aussicht
stellte.

Es musste damals Stimmen gegeben haben. Während
der Zug aus östlicher Richtung kommend in schier unendlich erscheinender Langsamkeit dem westlichen Ufer entge-
genfuhr oder, genauer gesagt, sich dem Ufer entgegen tastend annäherte – wie auch immer die Gleichzeitigkeit von
Bewegung und einer das Fassungsvermögen übersteigenden
Langsamkeit zum Ausdruck gebracht werden konnte –, hatte
Tobias K Stimmen wahrgenommen. Es schien ihm, als hätten
ihn Gesichter angesehen, so als sei er wirklich, wahrhaftig

wirklich, existent inmitten einer übergroßen Zahl den Zug überfüllender Menschen, so vieler vom Zufall des Schicksals zusammengewürfelter Menschen.

Hammerschläge könnte es damals gegeben haben – die Tobias K nicht notwendigerweise in seiner Erinnerung als ferne, metallische Schwingungen vernommen hätte, sondern eher in Form bildhafter, weit ausholender Bewegungen schwingender Arme, die ein schweres, mit den Händen umklammertes Objekt hochstemmten, um es kraftvoll nach unten zu schleudern. Eigentlich zeichneten sich in seiner Wahrnehmung jedoch nur Arme ab. Aus Gründen der Logik hätten auch ein Kopf und Körper Gegenstand seiner Wahrnehmung sein müssen, aber diese Anteile fehlten, was ihn jedoch nicht störte.

Aus dem in verschwimmenden Formen gehaltenen Aquarell jener frühen Brückenüberfahrt tauchte noch ein Bild auf, als träte aus dem Rahmen eines Fotos oder eines Films ein wirklicher, lebendiger Mensch auf ihn zu. Ein Gesicht lächelte ihn an. Ob es sich um eine Frau oder einen Mann handelte, vermochte er nicht zu sagen. Obgleich er es nicht mit Bestimmtheit hätte sagen können, deutete sein Gefühl dahin, dass es sich um einen Mann gehandelt hatte. Vielleicht war es ein neben den Brückengleisen stehender Brückenarbeiter gewesen, der den Kopf gehoben hatte, um ihm, dem kleinen Tobias K, ein Lächeln zukommen zu lassen.

Soweit es Tobias K's Erinnerung zuließ, war es ein spontanes Lächeln gewesen, das Lächeln eines Menschen, der Tobias K angesehen hatte, die große Gabe eines Lächelns.

Sofern in dieser Erinnerung — eine von zahllosen, aber letztlich immer wieder sprachlos im Raum stehenden Erinnerungen — noch eine andere Beigabe mitschwang, so war es ein Lächeln aus Augen, die wussten, dass das Leben keine

Selbstverständlichkeit war. Aber dies war Tobias K damals noch nicht bewusst. Das, was in diesem großherzigen Lächeln an Schimmer von Traurigkeit mitschwang, hatte er nicht zu benennen vermocht. Es sollte ihm erst sehr viel später bewusst werden, als er aufmerksam einem Mann zuhörte, der lange Zeit die Fassung bewahrte, bis er plötzlich zu weinen begann und eine Geschichte erzählte, die so furchtbar war, dass er sie mit den Worten beendete, er sei als junger Mann einmal durch die Hölle gegangen.

Erst viel später schien es Tobias K, obgleich er es mit letzter Sicherheit nicht zu beweisen vermochte, dass ihm in diesem so großmütigen Lächeln, das ihm in seiner frühen Lebenszeit auf der Brücke begegnet war und in dessen Erwartungslosigkeit ein überirdischer Glanz mitschwang, für den Augenblick eines Lächelns ein Mensch begegnet war, der unsagbar Schweres erlebt hatte.

# IV

Zudem gab es ein Phänomen, das Tobias K in seiner vermeintlichen Selbstverständlichkeit bislang übersehen hatte – das Licht. Dass die in ihm aus dem frühen Fluss der Erinnerung auftauchenden Bilder von ihm bewusst hatten wahrgenommen werden können, war nur dank einer Erscheinungsform möglich gewesen – der des Lichts.

Der breit und majestätisch dahinziehende Strom schien wie in silbernes Licht getaucht. Es schien, als leuchte der rosafarbene Sandstein der Brückentürme reiner und schöner als jemals später in einem helleren, südlich-anmutenden, warmen Licht, das ihn an die Sanftheit zarten Frühlingslichts erinnerte.

Als er damals zum ersten Mal die Brücke erlebt hatte, war dem Schweben im Begegnungsfeld von Erde, Strom und Wolkenhimmel – so wurde ihm jetzt bewusst – ein Licht gewährt worden, das sich ihm tief eingraviert hatte. Es war das Licht des ersten Frühlings gewesen. Wie alles, was er in seinem Leben zum ersten Mal erblickt, wahrgenommen, erfahren hatte, hatte es auch einen ersten Frühling mit seinem zarten Licht gegeben. Es war dieses einzigartige, in seiner Milde großzügige und sich verschenkende Frühlingslicht gewesen, dem er nun in seiner Erinnerung wieder begegnet war.

# V

Aber nun hatte der Zug schon die jenseitigen Brückentürme passiert und die Brücke hinter sich gelassen, wodurch
sich das metallisch hohl klingende Fahrgeräusch, das von
unten an Tobias K's Ohren drang, in ein erdigeres, dump-
feres verwandelte und ihm die Gewissheit der Erdnähe ver-
mittelte. Was auch immer geschehen würde, in den Strom
würde er nicht mehr stürzen können.

Von nun an war sein Schicksal wieder mit dem der Erde
verwoben und bis zum Erreichen des rasch sich nähernden
Bahnhofs an das des Metallwaggons gebunden, der in Sichtweite des Flussufers in Richtung des Bahnhofs dahinglitt.
Angesichts der Ansage, die über das Lautsprechersystem des

Zuges verkündet wurde, das wie ein Nervenstrang die Loko-

motive bis zum letzten Waggon durchdrang, hätte Tobias K

sich nunmehr sinnvollerweise vom Fenster wegbewegen sol-

len, um die Vorbereitung für das baldige Verlassen des Zuges

zu treffen, die Gepäckstücke entsprechend zu arrangieren,

seinen noch immer am Fenster stehenden Körper und seine

Seele aus dem Griff der Versunkenheit zu lösen, um sie auf

die Anforderungen der Gegenwart vorzubereiten. Umso

mehr als ihm bewusst war, dass sich das letzte Stück der

Zugfahrt aufgrund geografischer Gegebenheiten im Dunkeln

abspielen würde, wobei er sich eingestehen musste, dass

er nie verstanden hatte, warum dies der Fall war, so sehr er

auch ansonsten mit der Kartografie der Region vertraut war.

Zwar war offensichtlich die Gleisführung durch einen

Tunnel unumgänglich gewesen, aber — und dies war

vermutlich durch seinem Begriffsvermögen auferlegte

Beschränkungen bedingt — es geschah, dass, sobald der

Zug nach erfolgreicher Überfahrt über die Brücke und der unmittelbar sich anschließenden, kurvenbedingten Neigung des Zuges wie in stiller Vorfreude, bald den Zielbahnhof erreicht zu haben, auf das Dunkel des Tunnels zustieß, Tobias K jedes Mal von der gleichen Frage eingeholt wurde: Warum es gerade an dieser Stelle einen Tunnel gäbe, der eine Fahrt durch die Dunkelheit erzwang, bevor der Zug bald nach dem Verlassen des Tunnels in die helle, überglaste Halle des Bahnhofs einfahren würde?

Handelte es sich bei dieser Frage um eine Art der Frage, die von einer solchen Dimension war, dass sie in seinem Schädelinneren nicht unterzubringen war? War es das Nachsinnen über die durch die Brückenüberquerung ausgelösten Denkwürdigkeiten? Er konnte diese Fragen nicht beantworten. Er wusste es nicht.

So stand Tobias K nun, als das Waggonfenster und das Waggoninnere durch die Einfahrt in den Tunnel in ein düsteres und kaltes Licht getaucht waren, immer noch am Fenster in der gleichen Haltung, die er schon vor dem Erreichen der Brücke eingenommen hatte. Seine rechte Hand schloss sich jedoch fester um den Fenstergriff und die linke Hand überkam eine Anspannung, wobei diese jedoch, und dies empfand Tobias K, keine Vorbereitung der Hände auf das bevorstehende Koffertragen war.

# VI

Tobias K's Gedanken sannen noch der Überquerung der Brücke nach, die aus objektiver Sicht nur eine kurze Zeitspanne in Anspruch genommen hatte, jedoch in Tobias K's innerer Wirklichkeit den Bogen über weite Zeitläufte gespannt und vielleicht sogar bis in das Reich der Zeitlosigkeit ausgedehnt hatte, wo die Wurzeln der Zeit im Magma des Unbegreiflichen versanken, ohne dass es möglich gewesen wäre zu erfassen, wo genau die feinen Silberlinien der Grenze zwischen Zeitwurzeln und Magma verliefen. Ihm schien, als schiebe sich der eine oder andere Splitter – ein Farbtupfer, ein Laut, ein Klang – in den Raum seines Bewusstsein, in der Hoffnung, sie würden behilflich sein, aus den einzelnen

Mosaiksteinen der Erinnerungen ein umfassendes Gemälde der ersten Brückenüberfahrt zu rekonstruieren und vor seinem Bewusstsein auferstehen zu lassen, was ihm ein ähnlich klares Bild der Wirklichkeit der frühen Brückenpassage vermitteln würde wie es die nur Augenblicke zurückliegende Brückenüberquerung war, die noch gestochen scharf in seinem Bewusstsein gegenwärtig war.

Während Tobias K's Gedanken im Spannungsfeld des gerade Gewesenen, des schon lange Zurückliegenden und in der Erwartung auf das nach der Dunkelheit der Durchfahrt durch den Tunnel Sich-vor-ihm-Ausbreitenden wie ein Echo hin- und herschaukelten, nahm eine Entwicklung ihren Lauf, wie sie Tobias K, während es seine mit ihren eigenen Tastsinnen ausgestatteten Hände schon zu wittern schienen und seinen Körper eine Straffung durchfuhr, als würde ein Bogen gespannt, noch nie erlebt hatte.

Was die Saiten seines Bewusstseins in Form von Bruch-
stücken der Erinnerung an die frühe Brückenüberfahrt
berührt hatte, wurde still und zog sich zurück, als trüge der
Wind die Klänge eines Musikstücks in der Milde eines Som-
merabends fort.

Für einen Augenblick schien sich ein Vorhang vor seinem
inneren Auge zu senken, sodass er kaum wahrnahm, dass
sich der Zug noch immer im Dunkel der Tunnelwände befand,
als würde der innere, fallende Vorhang äußere Ablenkun-
gen verhindern – ähnlich der Erde, die noch einmal in einer
übersinnlichen Stille verharrt, bevor sie ungeheure Kräfte
spannt, die sich in mächtigen, feurigen Konvulsionen und
Beben entladen. Eine Stille, die, obgleich oberflächlich besehen harmlos erscheinend, Lebewesen den Atem stocken und
das Blut gefrieren lässt, als würde die explosive Macht des
noch nicht in die Wirklichkeit Entladenen, Geschleuderten,
die überwältigende Vehemenz des Sich-Zusammenballen-

den ihre Botschaft vorausschicken, auch wenn sie noch nicht in Sprache fassbar ist, weil die für die Beschreibung der Neuartigkeit erforderliche Sprache noch nicht geschaffen ist und sich erst im Schmelztiegel des Geschehens formen kann.

Während Tobias K gleichsam tiefer und tiefer in sich sank, glitt oder tauchte, welche Bezeichnung auch immer diese Dynamik angemessen widergespiegelt hätte, und während sich dies ohne Angst vollzog, weil es in einem Zustand von seelischer Schwerelosigkeit geschah, die in der Gelöstheit ihrer Linien so ganz im Gegensatz zu der inneren Spannung stand, die sich seiner bemächtigt hatte, ohne willentlicher Steuerung zu unterliegen – je tiefer Tobias K in sich sank und dennoch das Gefühl einer großen Geborgenheit verspürte, die, würde sich die Spannung entladen, ihn dennoch nicht bis in Höhen schleudern würde, aus denen er nicht lebend würde zurückkommen, so verspürte er, dass die Schale seines Seins auch angesichts dessen, was geschehen würde, nicht bersten würde. Tobias K ahnte die Kraft des Kommen-

den, aber ihn trug die Gewissheit, er würde sie ertragen und

überleben.

# VII

Wo sich einige Augenblicke zuvor nur ein Grau vor Tobias K's innerem Blickfeld abgezeichnet hatte, als sähe er auf eine Asphaltstraße, die sich wie ein graues Band durch das Land schlängelt, öffnete sich plötzlich der innere Blick auf eine weite, sanfthügelige Landschaft, deren Umrisse er jedoch nur schemenhaft auszumachen in der Lage war, da sie in starker, wenn auch nicht völliger mondloser Dunkelheit vor ihm lag, bis gänzlich unerwartet ein intensiver, gleißend heller Lichtkegel aus dem linken, oberen Winkel seines inneren Wahrnehmungsschirms durch den dunklen Himmel brach und sich wie eine Lichtflut ergoss, ein Lichtschauer, ein Lichtmonsun, eine Lichtschwemme, wie auch immer es zu bezeichnen wäre, als handele es sich um eine glühende Lichtmasse, die auf die bislang stumm im Dunkel liegende Landschaft fiel und die nun in jubilierendem Licht erstrahlte, als zelebriere sie ihre Auferstehung.

Obgleich sich dieses dramatische Geschehen Tobias K's Begreifen noch völlig entzog, weil das Begreifen selbst durch das Licht geblendet schien, als wäre es dem ungeschützten Anblick der Sonne ausgesetzt, wusste Tobias K mit großer Gewissheit, dass das, was er erlebt hatte, wirklich war, so sehr es auch vom Gang seines bisherigen Lebens abstach.

Er wusste, dass er nicht nur Licht sah, sondern dass dieses Licht auch Teil seiner Selbst war — wie auch die frühe Überfahrt über die Brücke, die Teil des Fachwerks seiner Seele war —, mächtig, kraftvoll, majestätisch, berührt von einem überirdischen Flair, wie auch das Leuchten der Sonne überirdisch ist und ihr Glanz einer großen Gnade zu verdanken ist. Und Tobias K wusste, während der Zug im Tunnel für einen Moment wie innezuhalten schien, um die irisierende Demut dieses Augenblicks zu würdigen und die äußeren Dinge noch im Hintergrund verharren zu lassen, dass das, was geschehen war, ihn verändern würde.

Diese Gewissheit, was das gerade Geschehene betraf, das sein Bewusstsein mit einer Lichtfülle sondergleichen überschüttet hatte, war von unerschütterlicher Klarheit. Sich darüber Gedanken zu machen, wie diese Lichtfülle in sein Leben fließen, sich in die Schalen seines Ichs ergießen würde, war ihm jetzt nicht gegeben. Aber auch hier verspürte er mit großer Gewissheit, dass der Strom des Lichts, das sich vor seinen inneren Augen in sein Ich wälzende Magma an Licht sein Ich erhellen würde und in großen, weit ausgeworfenen Lichtnetzen Worte an die Gestade des Bewusstseins ziehen würde, die fluoreszierenden Muscheln gleich durch ihr Leuchten die Dunkelheit, die über Sprachlosigkeiten lag, erhellen würden.

Denn auf dem Kontinent, der nicht nur in der äußeren Welt existierte, sondern seine Widerspiegelung auch in seinem Ich erfuhr, mit seinen metaphorischen Erden, Vulkanen, Strömen, Stürmen und Winden, blauen Lüften, Mondsicheln, Sonnen, Milchstraßen und lichtgeschweiften Kometen, gab es unentdeckte, von dem Bewusstsein noch niemals betretene Terrae incognitae, nicht vermessene Landmassen, unbefahrene Ströme und Stromschnellen, vom Eis des Unwissens überzogene Pole, unentdeckte Arten, Merkwürdigkeiten und Zusammenhanglosigkeiten, die verträumt und schwerelos in den Gezeiten gewiegt worden waren, ohne von den Meerzungen des Verstehens beleckt worden zu sein.

Tobias K ahnte, dass Worte im Licht tanzen würden wie Falter im Sonnenlicht. Lichtrochen würden lautlos durch die

Lüfte mit weiten, blauen Schwingen schweben, Lichtfalken pfeilartig in die Tiefe der Meere stoßen. Lichtantilopen würden durch weiße Eiswüsten jagen, Lichtelefanten unter Dattelpalmen Ruhe suchen, Lichtrobben durch Alleen spazieren, Lichtpanther an Palästen Wache halten, Lichtberge schweren, süßen Wein heranwachsen lassen, Lichtfluten über Strombette hinweggleiten. Lichtbrücken würden Kontinente verbinden. Lichttöne würden still und wie schwerelose Vögel am Himmel singen. Lichtschiffe würden in blauen Häfen anlegen, bevor sie zur Reise über Lichtmeere aufbrachen. Lichtseen würden nächtliche Landschaften mit ihrem stillen Schein verzaubern. Lichtheuschrecken würden in der Dunkelheit wie Funken in alle Himmelsrichtungen springen unter einem Mond, dessen Licht in silbernen Tropfen über den Nachthimmel sprühte. Lichtjahre würden in Augenblicke verschmelzen und Augenblicke sich wie Muscheln öffnen, um Perlen an Lichtzeiten in die Welt zu entlassen.

Lichtströme würden sich formen und in lebendigem Wandel pulsierend sich wieder in feinste Wurzeln verästeln. Sie würden die Zeit auf ihrem Rücken in die Vergangenheit und in die Zukunft mitnehmen, wohin auch immer sie sich zu begeben wünschte.

Es mochte dunkel um ihn, Tobias K, sein, aber das unermessliche Licht, das ihn so unerwartet und unvorstellbar überströmt hatte, würde ihn von nun an begleiten wie die Sonne ihren Zögling, die Erde.

# VIII

Nur wenige Augenblicke, nachdem der Zug die Umgrenzung des dunklen Tunnels hinter sich lassend das Tageslicht wiedergefunden hatte und unter Berücksichtigung des nicht unerheblichen Bremswegs begann, die Geschwindigkeit zu mindern und bald darauf der Bahnhof und die Bahnsteige in Sichtweite kamen und Tobias K seine Hand und er sich vom Fenster gelöst hatte und er dank seiner erlernten Reiseroutine sich in Richtung der Waggontür vorwärts bewegte, stand er, als der Zug zum Stillstand gekommen war, auf dem Bahnsteig, seine Gepäckstücke um seine Beine geschart, und er im Lächeln des Lichts.

# IX

Es war ein Licht, das die Aura des Ungewöhnlichen
umgab, auch wenn es sich näherer Beschreibung entzog
und das auch immer so sein würde. Ein Licht, das eine ferne
Seelenverwandtschaft zu dem des frühen Frühlingsbrücken-
lichts aufwies, aber ein eigenes, sich entfaltendes, fließen-
des, ergießendes, ja, stolzes Licht war, das ihn, Tobias K, der
noch immer auf dem Bahnsteig unter der Glashaube des
Bahnhofs und umgeben von seine Gepäckstücken stand, in
Lichträume und Lichtgezeiten versetzen und den Kontinent
seines Selbst belichten würde, ohne jemals selbstverständ-
lich und alltäglich zu werden, sondern immer den Charakter

des Neuen, das Flair des Ungewöhnlichen behalten würde, wie alles, dessen er an diesem Tag Zeuge geworden war.

Wie er sich zum Bahnhofsausgang durchfinden und dann die Weiterreise fortsetzen würde, spielte keine sonderliche Rolle mehr. Er war im Licht und dieses Licht würde ihn leiten. Er wusste es, da dieses Wissen wie ein Lichtstrom aus tiefen Brunnen an die Oberfläche aufgestiegen war.

Vielleicht würde er nach dem Erreichen seines Reiseziels einen ihm bekannten Menschen anrufen und erzählen, dass er angekommen sei. Für den Fall, dass er gefragt würde, was er erlebt habe, würde er nur ein Wort sagen: „Licht".

Was wäre wohl die Antwort?

Vielleicht „Ach so", oder „Mehr nicht. War das alles?"

Eine solche Antwort würde für Tobias K keine Bedeutung haben. Es war für ihn unerheblich. Er würde kein Bedürfnis verspüren, das, was erlebt hatte, erklären zu müssen.

Er war gereist und hatte eine große Brücke mit hohen Türmen über einem breiten Strom überquert.

Zeit war vergangen.

Waren es Sekunden, Minuten, Tage, Jahre, oder fühlte es sich an wie Lichtjahre oder wie Jahre im Licht?

# X

Tobias K wusste, er war im Licht.

Das Licht, das Geschenk der Fahrt über die Brücke,
schwieg und verblieb im Rätselhaften – wie ein Orakel.

# DANK

Ich danke Susanne Kraft für das stilistische Feingefühl und die ungewöhnliche Sorgfalt, die sie der Bearbeitung dieses Textes widmete.

Ich danke Uwe Kohlhammer für die Kunstfertigkeit, dem Manuskript die wundersame Verwandlung in ein Buch zukommen zu lassen.

Ich danke Peter Mittmann für die Liebenswürdigkeit, mir das stimmungsvolle Bild der Brücke zu überlassen.

# BÜCHER VON HILDEGUND HEINL
# UND PETER HEINL

## IM THINKAEON VERLAG

*Neu erschienen als Buch und als EBook*

**UND WIEDER
BLÜHEN DIE ROSEN**

Mein Leben nach dem Schlaganfall

Erstmals erschienen bei Kösel, München, 2001

Heinl, H.: Thinkaeon, London, 2015
(Neuauflage)

*Erhältlich über www.Amazon.de*

Peter Heinl

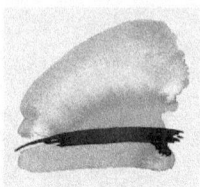

**»Maikäfer flieg,
dein Vater ist
im Krieg ...«**

*Seelische Wunden aus der Kriegskindheit*

**„MAIKÄFER FLIEG,
DEIN VATER IST IM KRIEG ..."**

Seelische Wunden aus der Kriegskindheit

Heinl, P.: Kösel, München, 1994, (8. Auflage)

*Neu erschienen als Buch und als EBook*

**„MAIKÄFER FLIEG, DEIN VATER
IST IM KRIEG ..."**

Seelische Wunden aus der Kriegskindheit

Erstmals erschienen bei Kösel, München, 1994

Heinl, P.: Thinkaeon, London, 2015

*Erhältlich über www.Amazon.de*

## KÖRPERSCHMERZ-
## SEELENSCHMERZ

Die Psychosomatik des Bewegungssystems
Ein Leitfaden

Heinl, H. und Heinl. P.: Kösel, München 2004
(6. Auflage)

*Neu erschienen als Buch und als EBook*

## KÖRPERSCHMERZ-
## SEELENSCHMERZ

Die Psychosomatik des Bewegungssystems
Ein Leitfaden

Erstmals erschienen bei Kösel, München, 2004

Heinl, H. und Heinl. P.: Thinkaeon, London, 2015
(Neuauflage)

*Erhältlich über www.Amazon.de*

*Neu erschienen als Buch und als EBook*

## LICHT IN DEN OZEAN
## DES UNBEWUSSTEN

Vom intuitiven Denken zur Intuitiven Diagnostik
Ein Leitfaden in den Denkraum

Heinl, P.: Thinkaeon, London, 2014

*Erhältlich über www.Amazon.de*

*Soon available*

## LIGHT INTO THE OCEAN
## OF THE UNCONSCIOUS

From Intuitive Thinking to Intuitive Diagnostics
A Path into the Realm of Thinking

Heinl, P.: Thinkaeon, London, 2017

*Soon available via Amazon*

*Neu erschienen als Buch und als EBook*

## SPLINTERED INNOCENCE

An Intuitive Approach to Treating War Trauma

Erstmals erschienen bei Routledge, London-New York, 2001

Heinl, P.: Thinkaeon, London, 2015

*Erhältlich über www.Amazon.de*

*Neu erschienen als Buch und als EBook*

## SCHLAFLOSER MOND

Im Labyrinth des Chronischen Erschöpfungssyndroms

Heinl, P.: Thinkaeon, London, 2016

*Erhältlich über www.Amazon.de*

*Neu erschienen als Buch und als EBook*

## LICHTSCHNEE
im Wortraum

Heinl, P.: Thinkaeon, London, 2016

*Erhältlich über www.Amazon.de*

*Neu erschienen als Buch und als EBook*

## DIE TAGE AM WORTSEE
Roman

Heinl, P.: Thinkaeon, London, 2016

*Erhältlich über www.Amazon.de*

*Neu erschienen als Buch und als EBook*

**VERSECIRCUS**

Heinl, P.: Thinkaeon, London, 2016

*Erhältlich über www.Amazon.de*

*Neu erschienen als Buch und als EBook*

**WEISSES
MARIONETTENPFERDCHEN**

Theaterspiel

Heinl, P.: Thinkaeon, London, 2017

*Erhältlich über www.Amazon.de*

*Neu erschienen als Buch und als EBook*

## DIE TÜRME DER ERINNERUNG
Erzählung

Heinl, P.: Thinkaeon, London, 2017
*Erhältlich über www.Amazon.de*

*Neu erschienen als Buch und als EBook*

## STUFENGESANG
Erzählung

Heinl, P.: Thinkaeon, London, 2017
*Erhältlich über www.Amazon.de*

*Neu erschienen als Buch und als EBook*

**IM KÄFIG**

Theaterstück

Heinl, P.: Thinkaeon, London, 2017

*Erhältlich über www.Amazon.de*

*Neu erschienen als Buch und als EBook*

**TRAUMBAUM**

Gedichte

Heinl, P.: Thinkaeon, London, 2017

*Erhältlich über www.Amazon.de*

*Neu erschienen als Buch und als EBook*

**DAS ORAKEL DER BRÜCKE**

Erzählung

Heinl, P.: Thinkaeon, London, 2017

*Erhältlich über www.Amazon.de*